CHIRIMBOLITO

Título original: *Pelotero Monstruoso*
Autor: *Chirimbolito*
Arte: *Max Bare*

Número de edición: Primera edición en papel
Lugar de edición: Ciudad Autónoma de Buenos Aires
Fecha de edición: 1 de junio de 2024, Buenos Aires, Argentina

Impreso en Buenos Aires, Argentina

Autor: Chirimbolito | chirimbolito@icloud.com
Editor: Pablo Adrián Rodrigues | pablorodrigues@me.com
Corrector: María Sol Portaluppi | sol.portaluppi@gmail.com

DEDICATORIA

A Mily, Pili y Chucky.

CONTENIDO

Prólogo i

1 Pelotero infernal 1

AGRADECIMIENTOS

A María Sol Portaluppi por sus valiosos aportes y correcciones.

PRÓLOGO

El centro comercial está ubicado en las afueras de Creepville, y lo construyeron hará unos cinco años. Es moderno, luminoso y fresco, y quien estuvo a cargo de ponerlo en marcha se preocupó por conseguir una oferta de lugares tan completa y variada ¡que adentro encuentras de todo! Solo basta recorrer tres o cuatro metros del *hall* central para que la vista se engolosine con tiendas de ropa, salones de moda, jugueterías, ¡y hasta un supermercado tan grande que incluso los adultos se pierden en él!

Cualquiera afirmaría que es el lugar ideal para gastar el salario. ¡Y es verdad! Si no, pregúntenselo a mi tía Betty, que, desde que se enteró de que mi tío la engaña, todos los meses le destruye las tarjetas de crédito en ropa nueva…

Sin embargo, hay quienes prefieren la diversión a cargar bolsas de compras, ¡y para esos también existen lugares especiales! Por ejemplo, hay un cine con diez salas, un gimnasio, un *spa*, y un sector de comidas con una oferta gastronómica tan amplia y abrumadora que es imposible decidirse por un único almuerzo o postre.

La verdad, el centro comercial es un paraíso. Es decir: hay lugares para comer y para dormir, para ejercitarse y para cortarse el pelo, para recibir masajes, para jugar, para besarse… ¿Quién no querría irse a vivir allí si todos los aspectos de la vida están identificados con un letrero de neón? Supongo que por eso las chicas del último año de la preparatoria se pasan tanto tiempo adentro…

No obstante, es mi deber traer un poco de realidad al asunto. No todo es color de rosa, ¡no, señor! Hoy sé que el centro comercial oculta secretos, pues hay un lugar siniestro y peligroso, regentado por el mismísimo Satanás, que, al estar mezclado entre tanta la diversión, pasa desapercibido. Pero ¡que ha de ser evitado a toda costa!

Y ese lugar, irónicamente, es el parque de juegos…

Para quien nunca fue, *Creepy Games* ocupa todo el sector norte del centro comercial. A tal punto es enorme que tiene una entrada aparte, un estacionamiento como para quinientos coches y seguridad propia. Y eso es solo el principio, porque también cuenta con sus propios empleados —que visten uniformes diferentes a los del resto del centro comercial—, restaurantes de comida rápida que solo se encuentran allí y costosísimas tiendas de recuerdos.

Para no aburrir con detalles, la impresión que uno tiene al bajar del coche y acercarse a la boletería es la de haber llegado a una nueva ciudad. Una donde la ley es divertirse, y la economía… Bueno, esa no existe, porque el dinero se esfuma antes del tercer juego.

Mis amigas y yo frecuentábamos *Creepy Games* con un fanatismo tan acérrimo que difícilmente nuestros padres nos convencían de ir a otro lugar. Hasta que una tarde…

¡Hasta que una tarde descubrimos al monstruo del pelotero!

CAPÍTULO 1

—Bueno, chicas, creo que ya visitamos todos los juegos —comenté, secándome la transpiración de la frente. Berta, Amber y yo acabábamos de salir del laberinto de espejos, uno que, para resolver sin golpearse la cara, requiere de mucha memoria, concentración y esfuerzo físico—. ¿Nos vamos?

—Recuerden que mamá nos pasará a buscar a las cinco de la tarde —dijo Berta. Ella es de estatura mediana, de piel blanca como la nieve, de mejillas repletas de pecas y de cabello pelirrojo muy oscuro.

—Sí, ¿y?

Con toda la tranquilidad que la caracteriza, Berta se acomodó los moños de las trenzas y chequeó su elegante reloj pulsera.

—Que todavía nos queda una hora por delante.

—¿Una hora? —cuestionó Amber, dando un saltito de impaciencia. Ella tiene el cabello castaño y ondulado, y lo usa suelto a la altura de los hombros. De las tres, es la del medio, y un poco rellenita también—. ¡No estaré una hora aburriéndome! —se quejó. Ah, olvidé mencionarlo: es una niña incansable; jamás se queda quieta.

—Y tampoco nos iremos sin mi mamá —sentenció Berta.

—Pues… Tenemos los juegos de la sección al aire

libre —recordé—. ¿Qué les parece la montaña rusa?

Amber dio vuelta sus bolsillos; apenas le quedaban tres billetes de un dólar.

—Creo que no me alcanzará para eso —se lamentó—. Tendremos que buscar una opción más económica... Algo que no me deje sin un céntimo.

Revisé mis arcas y encontré unas monedas. ¡También un billete de dos dólares! Me pregunté de dónde lo habría sacado; hacía rato que no veía uno.

—Te acompaño en la pobreza, amiga —dije.

—Pobreza o no, de ninguna manera me asaré al sol —aclaró Berta—. Hace un calor infernal. Y mi piel es muy sensible, ¡ya lo saben!

Lo que es verdad, ¿para qué contradecirla? Es sabido por todos que Dios le agregó una pizca de color solo por lástima, porque, de lo contrario, hoy sería albina. ¡Así de blanca y delicada es Berta! Pero, de igual modo, Amber y yo estamos al tanto de que una gota de protector solar hace el truco, y de que Berta lleva un pomo a todos lados. Si esa tarde no quería subirse a la montaña rusa —o, para el caso, a cualquier juego al aire libre— era porque se había partido una uña queriendo agarrar la sortija del carrusel, y eso la había puesto del peor de los humores.

—Bueno, bien —acepté—. No hay dinero y la mitad descubierta del parque está prohibida. —Puse los brazos en jarra—. ¿Qué proponen, entonces? ¿Se les ocurre alguna idea?

—Podemos volver al laberinto —sugirió Berta—. ¡Es divertido y desafiante!

Amber meneó la cabeza.

—No lo sé... —Se frotó la nariz y la boca, y frunció la

cara en forma graciosa—. Casi me rompo los dientes con uno de los vidrios…

—Oh, Amber, ¡si sabes que debes caminar con los brazos hacia adelante! —la retó nuestra amiga—. Si fueras un poco más atenta, no te chocarías las paredes como un ciego. Yo no lo hice ni una vez —se jactó con aires de superioridad.

—Sí, bueno; es verdad —aceptó Amber de mala gana. A veces, Berta suele ser muy estricta con ella—. Sin embargo, en ocasiones, con la emoción de ver próxima la salida, olvido los recaudos y… —Se encogió de hombros—. Lo siento, pero paso.

—Además, Berta, acabamos de salir de allí. Mejor elijan otra cosa —pedí—. Usen el cerebro, chicas. ¡Vamos!

—Bien… —dijo una.

—Quizás… —dijo la otra.

Como nadie aportaba ideas, me froté la barbilla, pensativa. Al cabo, se me encendió la bombilla y exclamé con un índice bien en alto:

—¡Ya lo sé!

Berta dio un brinco.

—¿Por qué tienes que gritar así, tonta? —resopló.

—Me llamo Evelyn —la corregí.

Huy, ¡casi olvido presentarme! Mi nombre es Evelyn Watts, tengo doce años y soy amiga de esas dos desde el jardín. Tengo el cabello rubio y los ojos color miel, y mido un metro sesenta y cinco, lo que me convierte en la más alta.

—Sí, bueno; lo siento. Pero habla, ¿quieres? Odio el suspenso.

—¿Qué les parecen los arcades? —consulté—. Con un

dólar conseguimos cuatro fichas. A cinco minutos por ficha…

—Aceptaría con mucho gusto, pero, para estas horas, ese antro es un hervidero de mocosos —explicó Berta—. Y no quiero que mi ropa apeste al olor de sus frituras…

—Ni que alguien te salpique Coca-Cola como la semana pasada —recordó Amber con una risita.

Berta entrecerró los ojos; de repente, una furia asesina invadió lo más profundo de su ser. Entre la larga lista de cosas que la enojaban estaba que ensuciaran sus prendas. Oh, y que le recordaran cuándo había sucedido.

—¡Que se atrevan! —exclamó—. Que se atrevan y…

—Bueno, bueno; lo importante es que las manchas salieron —dije, como para calmar el volcán a punto de explotar—. ¿Y el *bowling*? Hace mucho que no vamos. El pase general nos sirve. —Levanté mi mano—. ¿Votos a favor?

Amber también levantó su mano y exclamó:

—¡Sí! —Luego miró a Berta en busca de aprobación.

—No tengo nada en contra del juego. Sin embargo, no estoy de humor para otra uña partida. Si a ustedes no les molesta que mire mientras juegan, por mí no hay problema —dijo.

—No, Berta; no te quedarás en un rincón observándonos como una psicópata —me negué—. Si hemos de divertirnos, ¡lo haremos juntas!

—¡Como mejores amigas! —secundó Amber—. Para eso vinimos, ¿o no?

—Entonces, descartemos el *bowling* —sentenció Berta—. No tocaré una bola ni por todo el dinero del mundo.

—Que si eres mañosa —le recriminé—. ¿Por qué no

te sueltas un poco? Te haría mucho bien.

—Es probable… —aceptó—. Pero ¡mírale el lado positivo a mi actitud! —Y me mostró su reloj—. Llevamos cinco minutos discutiendo. ¡Propónganme más juegos tontos, y verán qué rápido se nos pasa la hora!

Amber chasqueó con la lengua; de las tres, creo que era la que más deseaba aprovechar el tiempo en juegos. Pero la verdad es que, a pesar de que estábamos en un parque de diversiones, si teníamos que descartar el sector al aire libre, las atracciones que ya habíamos disfrutado y aquellas que eran demasiado costosas, no restaban muchas opciones atractivas…

—¡Ya lo sé! —chilló Amber.

Berta la fulminó con la mirada.

—Si alguna de ustedes vuelve a gritar así, le daré una bofetada —nos amenazó.

—Perdón, no todos los días se me ocurre la idea más fenomenal del mundo —se disculpó nuestra amiga.

—¿Y cuál sería esa idea? —atizó Berta con una ceja en alto.

—¡Síganme y se los mostraré!

Acto seguido, echó a correr y se perdió por entre la multitud.

—¿A dónde va? —preguntó Berta—. Me niego a perseguirla.

—No hace falta —dije—. Sé perfectamente a dónde se dirige. —Comencé a caminar—. Vamos, Berta; ¡mueve el trasero.

CAPÍTULO 2

—¡Helo aquí! —celebró Amber—. ¡El pelotero de *Creepy Games*!

El pelotero en cuestión estaba ubicado en la esquina más apartada del parque, justo detrás del laberinto de obstáculos y del juego de aros de básquet, y ocupaba un rectángulo de unos veinticinco metros de largo por diez de ancho —sí, lo acepto: no tengo la menor idea de sus dimensiones exactas; jamás lo medí. Solo doy las imprecisas conclusiones de una comparación quc hice con la piscina de la escuela—. Nunca supe su profundidad exacta, pero apostaba a que era de dos metros como mínimo, pues la escalera que había que subir para llegar a su plataforma era un poco más alta que papá, y él mide un metro noventa.

—De-ninguna-manera —silabeó Berta, cruzada de brazos a unos tres metros del pelotero—. No, no entraré a ese lugar.

—Vamos, amiga. ¡Sé que mueres por hacerlo!

—Exacto, Amber: me tendrán que llevar muerta.

—Oh, ¡no seas así! —lloriqueó—. ¡Es el juego perfecto!

—¿Y qué tiene de perfecto?

—Te puedes zambullir sin mojarte —comenzó a enumerar Amber con los dedos de una mano—; es imposible lastimarte; si te acuestas de espaldas, las bolas te hacen masajes; puedes jugar a las escondidas, y… —Se rascó la cabeza—. ¡Y las bolas son de los colores primarios, los mismos que te gustan a ti!

Berta resopló.

—El verde no es un color primario… —dijo.

—Pero ¡es *casi* primario! —remarcó Amber—. Piénsalo como el hermanito menor del azul y el amarillo.

No pude contener la risa.

—¿Y a ti qué te parece tan gracioso? —me increpó Berta. Sí, es tan antipática cuando se lo propone…

—Oh, Berta; vamos. ¡Amber tiene razón! —exclamé—. El pelotero es divertido. ¿O irás a negarme que no jugaste aquí todo el verano pasado?

Berta me miró fijo.

—Lo hice, sí. Pero fue el año anterior a ese. —Y luego, con cierta vergüenza que la sonrojó, desvió la mirada y susurró—: Sin embargo, las cosas han cambiaron desde entonces…

—¿Cómo dices?

—Que las cosas cambiaron —repitió.

—Habla más fuerte, Berta.

—¡Que las cosas cambiaron, Eva! —chilló.

—Sí, claro: el boleto del parque sale más caro. ¿Por qué tenían que subirlo dos dólares? —pregunté con ironía.

—No hablaba de eso… —¡Y claro que no lo hacía! Yo sabía perfectamente qué estaba insinuando Berta, pues era un tema que se estaba repitiendo mucho en el último tiempo.

—¿Y de qué hablabas, entonces? —la apuré. Ella respiró con profundidad para hacer acopio de fuerzas por la tontería que estaba a punto de decir—. Escúpelo, Berta. ¡Vamos!

—Ya soy mayor, Eva —dijo finalmente—. No estoy para chiquilinadas…

Amber y yo nos miramos, tratamos de mantener las formas —¡juro que lo intentamos!—; pero acabamos desternillándonos de la risa. ¿Que ya era mayor? ¿Qué se había comido esa tarada?

—Chicas, basta —pidió Berta entre dientes—. Dejen de reírse. —Sin embargo, como no lo hacíamos, nos dio la espalda y gruñó—: No se puede tratar con ustedes…

—Tienes once años —le recordé—. ¡¿De qué demonios me estás hablando?!

Berta se dio vuelta y separó los brazos solo para señalarme con un índice acusador.

—Cumpliré doce en breve —afirmó con tozudez.

—Y luego trece —acotó Amber.

—Y más tarde catorce —completé yo—. No obstante, hasta que eso suceda, Berta, seguirás teniendo once como todas nosotras. Eres una más. Ahórrate las «chiquilinadas», por favor.

—Ninguna «chiquilinada»; hablo muy en serio —remarcó—. Creo que ya estamos grandes como para meternos en ese mugroso agujero de pelotas.

—No es un agujero, es una «piscina» —la corrigió Amber—. Me extraña que seas así de imprecisa con lo que te gusta elegir las palabras. Además, no hay edad para divertirse.

—¡Claro que la hay! —exclamó Berta—. ¡Cada juego tiene un letrero que la indica!

Amber iba a contestar algo, pero luego advirtió que Berta tenía razón y, a falta de argumentos, simplemente le sacó la lengua.

—¿Lo ves, Eva? —acusó Berta—. ¡Amber acaba de hacer una «chiquilinada»!

—Me tienes harta con esa palabra —declaré.

—¡Si tú la dijiste primero!

—¿La dije? —Negué enfáticamente—. En cualquier caso, me importa un bledo el límite de edad de los juegos. Como si acostumbráramos a respetarlos…

—Yo sí lo hago —se jactó la tonta.

—¿De verdad? ¿Como con la montaña rusa del circo que llegó hace un mes al pueblo? ¿O hablas de esa película de terror de la semana pasada?

—¿*El resplandor*? —quiso cerciorarse.

—¡La misma, Berta! Es obvio que no hablo de *Indiana Jones*… —confirmé—. ¿*El resplandor* era para menores de trece años?

—Em… —Berta pestañó nerviosamente—. Creo que…

La tortilla se había dado vuelta y ahora una simple pregunta la había dejado a ella sin argumentos. Amber aprovechó la oportunidad y contraatacó:

—Por favor, Berta; ¡mira el pelotero!

Yo lo señalé con ambas manos y agregué:

—¡Lo hicieron más grande! ¿De verdad no te atrae?

—¿Más grande? —preguntó Amber. Sus ojos se iluminaron; creo que no había noticia que la pudiera hacer más feliz—. ¡Es cierto! —festejó—. ¡Agrandaron el pelotero!

—¿Lo agrandaron? —indagó Berta, meneando la cabeza—. A mí me parece igual que siempre…

Amber se acercó hasta las escaleras de metal.

—No, amiga. Eva tiene razón: lo modificaron. ¡Ahora

llega hasta la pared del fondo! —aseveró—. Sí, ¡el pelotero es más grande!

Berta relajó los brazos, aflojó el cuerpo y murmuró:

—Si es más grande, significa que hay más pelotas…

—Y más pelotas, amiga, ¡es sinónimo de más diversión! —chilló Amber.

—Suena… —Berta caminó hacia el pelotero—. Suena divertido, sí.

—Entonces, ¡está decidido! —anuncié—. ¡Entraremos al pelotero!

CAPÍTULO 3

Ese momento de duda de Berta nos dio el pie a Amber y a mí para empujarla hasta las escaleras de la plataforma; no queríamos que cambiara de opinión a último momento. Sin embargo, antes de hacer nada más, eché un vistazo a los alrededores. No lo sé, me había embargado una súbita angustia, y, de repente, la que dudaba era yo.

Es decir, el griterío de los niños del parque, por momentos desmedido y ensordecedor, no había fluctuado un ápice: nuestros oídos recibían incansablemente el embate de estridentes mocosas que habían ganado un peluche o de padres desaforados que acababan de batir un récord en el martillo de fuerza. No obstante, por más extraño que pareciera, allí, en el área del pelotero, no había quien quisiera competir contra tanto alboroto. No había niños en la plataforma, ni en las escaleras. Como tampoco había mayores sentados en los bancos de espera instalados en un rincón.

Qué extraño, me dije. *El pelotero nunca está así de vacío…*

—¿Y bien? —nos apuró Berta—. ¿Por qué se quedan paradas?

Miré la red protectora que rodeaba el juego: no había niños aprovechándose de ella para saltar más al centro de la piscina. Demonios, ¡ni siquiera había fila en las escaleras!

Por suerte, no era la única que se había dado cuenta de tan insólita eventualidad. Amber, que pensaba igual que yo, dijo:

—No hay nadie…

—¿Y qué con eso? —preguntó Berta.

—Que tal vez el juego esté cerrado…

Berta dio una vuelta sobre su lugar.

—Sí, es verdad: no anda nadie por aquí —aseveró. Luego se giró hacia las escaleras y agregó—: Sin embargo, tampoco veo un cartel de «prohibido el paso» o «fuera de servicio». ¿Acaso ustedes sí?

—Al que no veo es al encargado… —matizó Amber—. ¿Dónde estará?

—¿En el baño? —le restó importancia Berta.

—¿Y ahora quién sellará nuestros pases?

—Alguien.

—¿Y dónde está ese alguien?

—En el baño o tomándose un descanso —arriesgó Berta—. ¡Nadie aguanta todo el día parado! —afirmó—. Tarde o temprano, ese alguien debe despegarse de la entrada de su juego para hacer cosas de persona normal.

Berta tenía razón.

—Sí, buen punto. ¡Estás en lo cierto! —secundé.

—¡Siempre lo estoy!

—¿Y si no? —continuó Amber.

—Oh, ¡vamos! —exclamó Berta—. Hace apenas un minuto eras quien me convencía de entrar al pelotero. ¿Y ahora te echas atrás porque está vacío?

—Otra vez, Berta, estoy contigo. *No news, good news!* —dije.

—Eva, ¿tengo que recordarte que todavía no apruebo

mis clases de inglés?

—Lo que quiere decir tu amiga, Amber, es que si no hay noticias —o carteles o niños o padres o encargados— es porque no hay de qué preocuparse. —Y esbozó una gran sonrisa—. De hecho, la suerte nos acompaña: ¡podremos jugar nosotras solas! —exclamó—. ¡Somos las reinas del pelotero!

Amber asintió. Pero seguía dubitativa.

—Reinas del pelotero, Amber —repetí—. ¿Entiendes? ¡Dueñas absolutas del juego!

Nuestra amiga dio un saltito en el aire.

—¡Sííí! —gritó—. ¡Las reinas del pelotero! —Y subió las escaleras corriendo.

Yo fui segunda y Berta última.

CAPÍTULO 4

Segundos después, cuando alcanzamos la plataforma principal y contemplamos el pelotero en toda su magnitud, con su colorida selección de pelotas que parecían infinitas y ese olor a plástico tan cautivador, nuestras hipótesis se hicieron realidad: el lugar estaba desolado. ¡Era el lejano Oeste!

Bueno, excepto por un niño sentado en el borde de la izquierda...

No estaba jugando, sino que parecía abstraído dc su alrededor. Solo comía dulces mientras movía las piernas como si las estuviera refrescando en un arroyo. Tendría unos ocho o nueve años; era rubio, de rasgos finos, estaba plagado de pecas y lucía un perfecto corte taza. ¡También vestía un simpático traje de marinerito que lo hacía ver tan adorable!

Sin embargo, al reparar en nosotras, detuvo el pataleo, apoyó la mano de los dulces en su regazo y nos escaneó con la mirada. No fue discreto. Todo lo contrario: exageró los ademanes para revelar que estábamos invadiendo su tranquila morada y que no le gustaba ni un poquito. No lo sé, lo sentí rudo...

Pero si algo nos habían enseñado nuestros padres era que los modales lo son todo. ¿Te miran feo? Pues, ¡saludas con una sonrisa y a otra cosa, mariposa!

—¡Hola! —lo saludó Amber con un gesto de manos.

—¡Hola! —dije yo.

Y Berta, que rara vez se amedrenta ante un niño antipático —pues ella es la peor de todas—, entrecerró los ojos y le devolvió la mirada. Por un instante, creímos que esos dos batallaban en silencio por descubrir quién era el más grosero. Yo apostaba por mi amiga, obvio.

—Humpf —resopló Berta al cabo—. Ojalá se extravíe y lo guarden en la caja de objetos perdidos.

—Ay, Berta, ¡no seas así! —la retó Amber—. Es apenas un niño…

—Que tiene el tupé de no corresponderles el saludo —aclaró como si fuera una afrenta hacia ella—. ¿Así les enseñan hoy en día a esos mocosos?

—Déjalo, Berta —pedí—. ¿Qué dijimos de las «chiquilinadas»?

—Que tú empezaste con la palabra.

—Salúdalo, por favor. Si él es un maleducado, demuéstrale que tú no.

—Bien, bien —aceptó Berta. Y ejecutó un espantoso rictus que seguro en alguna galaxia lejana recordaba a una sonrisa. Luego movió robóticamente la mano derecha—. ¿Está bien así, o quieres que también le dé un abrazo? —me consultó entre dientes.

—Eres terrible.

—Gracias. —En un parpadeo, borró su sonrisa, bajó la mirada hacia el mar de pelotas y las analizó—. El violeta tampoco es un color primario —dictaminó. Se agachó y recogió una pelota amarilla. La sopesó, la observó desde todos los ángulos y, tras arrojarla con cierto desdén al centro de la piscina, concluyó—: Este lugar es una mugre.

No era la primera vez que Berta salía con uno de esos comentarios, así que la ignoramos. ¡No nos arruinaría la diversión!

—¿Quién salta primero? —consultó Amber—. ¿Puedo hacerlo yo?

—Ni que tuvieras que pedir permiso, chica —dije—. ¡Hazlo!

—¡Sííí! —gritó Amber, y saltó de bomba. El mar de pelotas se abrió ante su peso y la engulló. Alguna que otra pelota voló por los aires, pero fueron las menos. Luego, desde la profundidad de la piscina, se oyó otro grito más fuerte que el primero—: ¡Esto está genial!

—¿Sigues tú? —le pregunté a Berta.

—¿Estás demente? —dijo—. Yo no me tiraré a la piscina.

—¿Y ahora qué te sucede?

—Simple, Eva: las pelotas están terriblemente sucias. ¡Esto es peor que tirarse por el tobogán! —explicó—. No correré el riesgo de mancharme la ropa con mocos y vómitos. —Entrecerré los ojos y busqué en mi amiga indicios de una broma. No era de hacerlas, pero ya iban muchas quejas en muy poco tiempo y me daba que pensar. Sin embargo, ella me leyó la mente y agregó sin titubear—: Hablo en serio, Evelyn; no me meteré en el pelotero.

—Pero ¡Amber ya está adentro!

—Y yo me quedaré afuera —ratificó.

—¿Por qué tienes que ser así de pesada?

—No es no, Eva.

—¡Con un demonio, Berta! No puede ser que…

CAPÍTULO 5

Antes de que pudiera terminar con las maldiciones, me llevé un buen susto: alguien me daba unos toques en el hombro. Me giré y encontré al niño de los dulces parado a escasos centímetros, mirándome directo a los ojos.

—Hola, chiquitín —dije. Como Berta y yo interrumpíamos el paso de la plataforma, se me ocurrió preguntarle—: ¿Quieres que nos hagamos a un lado? ¿O prefieres que te lancemos al pelotero?

El niño negó lentamente con la cabeza. Luego, con la misma calma, se llevó una cajita de Nerds a la boca, le dio unos golpecitos con el índice para que una buena cantidad cayeran sobre su lengua, y los saboreó una eternidad.

—Entonces, niño, ¿para qué nos molestas? —lo interpeló Berta por encima de mi hombro—. Estamos ocupadas.

—No seas grosera, Berta —le pedí—. Vinimos a divertirnos, no a pelear.

—Si yo no estoy peleando —se excusó—. Solo le decía al mocoso que no molestara.

—No le hagas caso a mi amiga —le dije al niño—. Tiene un mal día.

El pequeño, que oía atentamente las tonterías que decíamos, rumió los Nerds que hicieron *crunch* en su boca.

—Yo no tengo ningún mal día, Eva.

—No se nota.

—¿Quieres que te diga qué es lo que se nota? —me desafió Berta.

—Lo que se nota es que están bastante mayores para este juego —habló finalmente el niño. Su voz era suave y queda.

Berta y yo lo observamos con atención. También Amber, que se había asomado por el borde de la piscina. Abrimos la boca con sorpresa. ¡Qué rudo había sonado eso!

—¡¿Perdón?! —exclamó Berta tomando la palabra—. ¿Qué dices, enano?

—Enano no. Me llamo Oscar, y creo que están rompiendo las reglas —repitió.

—¿Qué reglas, pequeñín? —indagué.

Oscar señaló con su caja de Nerds el letrero que había colgado de la red, a su derecha. Era el que enumeraba las normas del pelotero. Había cinco líneas en imprenta mayúscula. Las leí rápidamente y encontré enseguida el punto que generaba conflictos con nuestro nuevo amigo.

—«Prohibido el ingreso a niños mayores de diez años» —dije—. Oh…

—Ustedes parecen bastante más grandes —acotó Oscar—. Sobre todo, tú —agregó en referencia a Berta.

¡Ay, Oscar! ¿Justo tenías que agarrártelas con ella?

Berta me hizo a un lado y se colocó al frente. Sacó pecho, inclinó la cabeza hacia arriba y observó a Oscar con desprecio.

—Apenas cumplo once años, enano —afirmó—. ¿Tienes algún problema?

—El problema lo tienen ustedes con la regla número cinco —sentenció—. ¿Por qué mejor no se van a otro lado?

—Porque morimos de ganas de saltar al pelotero —desafió Berta—. ¿O no, amigas?

Amber, que miraba todo desde el borde, prefirió no meterse en la pelea. Y yo, que no deseaba tener problemas con los padres del niño, intenté calmar las aguas:

—El pelotero está vacío —describí—. Podemos irnos al otro extremo y dejarte la mitad de la piscina solo para ti. ¿Qué dices, Oscar?

—Además, no nos pasamos tanto de la edad límite —agregó Amber—. ¡A mí me dan diez años!

Oscar ladeó la cabeza.

—Sí, bueno... ¿Y no me molestarán? —preguntó.

—No vinimos a molestar a nadie —aseguré yo.

—Entonces, señoritas, quizás podamos llegar a un acuerdo...

Me alegró escuchar eso. Al parecer, Oscar no iba a la guerra; no era tan cavernícola como Berta. No obstante, un minuto atrás, el pobre había activado una bomba que explotaría sin importar qué hiciéramos para impedirlo...

—¡Acuerdo mis polainas! —gruñó Berta—. Nadie te molestó, ¿y te acercas a increparnos como si fueras el dueño del pelotero? Qué equivocado estás, mocoso. Pero ¿quieres saber una cosa?

—A ver... —atizó.

—¡Las reinas del lugar somos nosotras! —Acto seguido, y sin previo aviso, se giró, me tomó por los hombros y me arrojó al pelotero. Cuando salí a la superficie, la vi empujando a Oscar con el índice—.

Óyeme bien, mocoso: si vuelves a molestarnos, lo lamentarás. ¡Y ni se te ocurra acusarnos con el encargado o con tus padres!

—¿O qué? —cuestionó Oscar. ¡El pequeñito no se amedrentaba un ápice!

—O me comeré tus dulces —prometió Berta—. Juro que lo haré. —Y doy fe de que hablaba de verdad.

—Deberían respetar las reglas… —volvió Oscar al inicio de la charla.

—Me limpio el trasero con las reglas.

—¡Berta! —gritamos Amber y yo al unísono. ¡Qué grosera esa chica!

—De hecho, mocoso —continuó—, ahora mismo romperé la regla número dos y me tiraré de bomba al pelotero —anunció—. ¿Quieres verme?

—En realidad, querría que te quitaras las zapatillas antes de hacerlo… —Y señaló el letrero—. Regla número uno.

Berta, ciega de furia, le arrebató la caja de Nerds, se la vació en la boca y la arrojó por encima de la red protectora.

—Ahí te… *crunch* ves… *crunch*, enano —dijo, y saltó de bomba.

La explosión de pelotas se oyó a diez metros a la redonda.

CAPÍTULO 6

Cuando las tres nos reunimos en el mismo punto del pelotero, Amber y yo intentamos charlar seriamente con Berta. ¡Teníamos que ponerle un freno, no podía comportarse de esa forma! Si no, un día se toparía con un niño más malcriado que ella y le patearía el trasero sin mediar palabra.

—No puedes ser así de grosera, Berta —la reté—. Tienes que ponerle un filtro a tu boca. O mejor aún: ¡un tapón!

—De verdad, amiga; no puedes tratar tan mal a un niño —continuó Amber—. ¡Mira si te acusa con sus padres!

—¿Y qué con eso? —Berta detuvo en seco nuestra perorata—. No aceptaré que un mocoso nos diga qué hacer, ni hoy, ni nunca. Así que, señoritas, comiencen a jugar antes de que me arrepienta de haberme zambullido con ustedes.

Amber chasqueó con la lengua.

—Tarde o temprano, pagarás por estos modos de niña consentida…

Berta le arrojó una bola en la cabeza. ¡Hizo *poc*!

—Menos charla y más diversión.

—Sí, sí…

—¡Y de nada por resolverles el problema!

Amber negó con la cabeza y se alejó hacia el extremo opuesto de la piscina; Berta, en cambio, se hundió en las profundidades de las pelotas, y yo, con algo de culpa por la escena de momentos atrás, busqué con la mirada a Oscar.

Estaba allí, caminando en completa paz por el borde de la plataforma. Y no nos observaba; creo que se había dado por vencido con nosotras. Vamos, ¿cómo discutir con Berta si a veces es tan flexible y abierta al diálogo como una pared? ¿O era que simplemente planeaba acusarnos con sus padres y el encargado del juego? Apostaba mi mensualidad a eso último; yo hubiera hecho lo mismo.

Cuando se sentó en el lugar donde lo habíamos encontrado, sacó de su bolsillo una caja nueva de Nerds y comenzó a comerlos. Un pellizco en el tobillo me obligó cambiar el foco de la atención.

—¡Eres un pescado podrido! —escuché debajo de mis pies.

—Oye, Berta, ¡eso dolió! —gruñí.

—¡Si apenas te toqué!

—¡Ya te daré a ti! —amenacé. ¡Qué ganas tenía de darle su merecido!

—Entonces, «chiquilina», ¡ven por mí!

—Oh, Berta, ¡claro que lo haré! —dije—. Prepárate para recibir los pellizcos de tu vida.

—¿Como estos? —Y me dio uno más en el otro tobillo.

Lancé unas patadas para apartarla, pero la maldita las esquivó todas y me pellizcó una tercera vez.

—¡Tortuga! —se burló—. ¡Eres una tortuga, Eva!

—Ay, ¡te odio!

Me sumergí para atraparla. ¡Le daría su merecido!

CAPÍTULO 7

Pero la tonta era pequeña y delgada, y se escondía muy bien entre las pelotas. ¡Me resultó tan escurridiza como atrapar un pez con la mano; no tuve la más mínima oportunidad! Pues, cada vez que creía tenerla entre mis garras, la pesada se mataba de risa a no menos de un metro de distancia.

—¡Casi! —exclamó en un momento—. ¡Casi me hago vieja esperando que te acerques!

Dos segundos después, oí pelotas que se movían a mi alrededor y sentí un fuerte pellizco en el muslo derecho.

—¡Oye, Berta! —grité—. ¡No te pases! Ese fue muy fuerte.

—¿Perdón?

—Ese pellizco… —No pude terminar pues recibí uno peor en el trasero—. ¡Rayos! —Subí a la superficie dando exageradas patadas y brazadas. Si tenía suerte, tal vez una impactara en la cara de esa tonta—. No es gracioso —dije—. ¡Te estás pasando!

—Si no me he movido del lugar —se excusó mi amiga—. Oh, ya entendí. ¡Quieres que revele mi posición! —Soltó una risita malvada—. Pero eso no sucederá, Eva. ¡Ni lo sueñes!

Miré hacia la derecha: su voz sonaba en esa dirección, a no más de un metro y medio. Pero ¿cómo había llegado tan lejos si apenas un segundo atrás me había pellizcado? Eso era rápido incluso para ella.

—Me da igual dónde te escondas. —Y comencé a nadar hacia ella—. Solo te pido que no… ¡Auch! —grité—. Auch, Berta. ¡Detente!

Vi aparecer a Amber a mi izquierda, a unos dos metros.

—¿Qué sucede? —preguntó—. ¿Por qué tanto grito?

—¡Ay! —chillé—. ¡Deja de pellizcarme, Berta!

Cambié de opinión y, en vez de darle su merecido, nadé hasta el borde y subí a la plataforma en un parpadeo. Luego me apoyé de espaldas en la red de contención y busqué con la mirada a Berta.

—¿Qué sucede? —repitió Amber.

—Es Berta… —rezongué—. ¡La estúpida me estaba lastimando! —Los pellizcos se veían rojos y, con toda seguridad, se pondrían morados en unos minutos—. ¿Por qué juegas así de fuerte? —la critiqué—. No es nada gracioso. —Y me froté las lastimaduras.

La cabeza de Berta apareció en el extremo opuesto de la piscina. ¿Qué hacía allí? ¿Y por qué no la había visto moverse?

—¡Yo no fui! —se defendió.

—¡Me has pellizcado! —ratifiqué—. ¡Me has pellizcado, Berta!

—No lo niego —aceptó—. Pero no tengo nada que ver con esos últimos, no he sido yo.

—¿Y quién si no? —la increpé—. ¿Amber?

—A mí no me metan en sus peleas —se excusó nuestra amiga—. Yo no juego de ese modo.

Levanté mi brazo izquierdo y les enseñé a esas dos una marca circular roja que tenía en la mitad del antebrazo.

Me dolía horrores.

—¿Y cómo explicas esto?

—Te lo habrás hecho tú, Eva —declaró la pesada—. Cuando yo ataco, siempre elijo las piernas. ¡Mira si voy a pellizcarte el brazo! Te sería muy fácil atraparme…

—Claro, claro. Ahora me lastimo yo sola, ¿verdad? —ironicé.

—Tal vez… —afirmó Berta.

—¿Y si tal vez te corto las trenzas de raíz? —la amenacé.

—No seas llorona, te pinchaste con algo; ya sabes que hay un sinfín de objetos en el fondo de estas piscinas. ¡Relájate y ten más cuidado!

—No, nada de relajarme y nada objetos. ¡Fuiste tú! —exclamé—. ¡Ven a pedirme disculpas ahora mismo!

—¿Disculpas? —Berta rio con ganas—. Déjame jugar, Eva, ¿sí? Me hartas con tus lloriqueos —Y se sumergió en la piscina. Lo último que vi de ella fue un dedo medio.

—Idiota… —susurré.

—Yo por las dudas no me le acerco —indicó Amber, y se alejó lo más que pudo de Berta.

Me froté un poco los pellizcos para ver si el dolor amainaba y me senté en el borde del pelotero. No me había dado cuenta de que Oscar estaba a mi izquierda.

CAPÍTULO 8

—Te saldrán unos moretones espantosos —aseguró Oscar, como un médico que da un diagnóstico infalible. Excepto que, en este caso, ni siquiera se había volteado para examinarme. De hecho, solo comía sus Nerds con la mirada perdida en el fondo del pelotero.

—Berta es una estúpida —mascullé—. La acusaré con su mamá. ¡Y ella le enseñará a jugar como una niña normal!

—Bueno… —El pequeño acomodó sus pompis en el borde de la plataforma, giró su cabeza hacia mí y me observó. Sus ojos azules me inquietaban—. Yo les advertí que no se metieran al pelotero.

Asentí. Su argumento era tan simple como irrefutable.

—Tenías razón —acepté—. ¡Mucha razón!

Oscar se encogió de hombros.

—Meh… —Y negó con la cabeza—. En realidad, solo les había mencionado las reglas —agregó—. Para algo las hicieron, ¿no lo crees?

Asentí una segunda vez. Si tan solo le hubiera hecho caso, me hubiese ahorrado la pelea con Berta. ¡Tonta de mí!

—La próxima te escucharé —prometí—. ¡Dalo por hecho! —Sin embargo, como no me contestaba nada, se me ocurrió preguntarle—: ¿Y por qué no estás tú en el pelotero? ¿Es por nuestra culpa?

—No, no es eso. Estoy esperando a mi hermanito —explicó Oscar.

—Ah… —Tras un silencio incómodo, continué con el interrogatorio—: ¿Y dónde está él ahora?

—Por ahí.

—Por ahí… —repetí—. Bueno, ¡ojalá regrese pronto!

—Nunca se sabe con ese niño…

—Claro… —Tragué saliva, ¡qué conversación más dificultosa!—. ¿Y a él le gusta el pelotero? —consulté al cabo.

—Oh, sí; ¡le encanta! —afirmó.

—¿Y a ti?

Oscar sonrió y regresó la vista al fondo del pelotero. No contestó. Por el contrario, me di cuenta de que su silencio, medido e intencional, quería generar cierta curiosidad en mí. Por eso, lo invité a seguir hablando:

—¿Y a ti, Oscar…?

—¿A mí? —Oscar resopló. Al parecer, mi pregunta no era tan simple como yo creía—. Bueno, que conste que, si no te lo hubiera contado, te lo hubieras enterado de todos modos…

—Perdón. —Levanté una ceja, ¿por qué tanto misterio?—. ¿Enterarme de qué?

—Verás, a veces no me quedo aquí sentado por culpa de unas malcriadas como ustedes. ¡De esas hay todo el tiempo! —aseguró—. En realidad, le tengo miedo al monstruo del pelotero…

CAPÍTULO 9

Esbocé una sonrisa. ¿Oscar acababa de hablar de un «monstruo»? ¿En el pelotero? Podía imaginar suciedad, vómitos y también escupitajos, ¡incluso hasta una rata! Pero ¿un monstruo? Eso estaba definitivamente fuera de toda posibilidad. No existían más que en las películas y en los libros.

—¿Cómo dices? ¿De qué monstruo me hablas?

—De Stuart, el monstruo del pelotero —repitió Oscar.

No pude evitar una risa, que rápidamente se transformó en una carcajada. Tardé en sosegarme. No me esperaba esa ocurrencia.

—Ese chiste sí que estuvo bueno —señalé—. Un monstruo...

Oscar terminó su caja de Nerds.

—No es un chiste —afirmó—. Stuart es el monstruo del pelotero, y fue quien te mordió los brazos y las piernas. —Sin pedir permiso, me tomó por la muñeca izquierda y, con suavidad, giró mi antebrazo para que la marca roja quedara expuesta—. Esto no es un pellizco, es una mordida.

—¿Qué?

—Es una mordida, Evelyn —insistió. Acababa de tutearme; sin embargo, no lo sentí grosero. De hecho, ni me había dado cuenta—. Esta te la hizo Stuart. Y todas las demás también. Pero se ve que le caíste bien —o, quizás, tu piel sabe a popó—, porque, si no, ya estarías en su estómago.

Juro que por un instante casi me creo la mentira. ¡Oscar hablaba con tanta seguridad!

—¡Que si eres gracioso! —dije—. Un monstruo... ¡Esas cosas no existen!

—Mira la marca —me exhortó el pequeñín—. Y verás si miento o no.

No quería darle el gusto de acercarme el antebrazo a la cara, eso me dejaría en evidencia. ¿Cómo haría, luego, para que no me tomara de tonta? Sin embargo, Oscar no parecía mentir. De hecho, se veía muy seguro de sí mismo.

—¿Un monstruo? —indagué.

—Sí. Se llama Stuart —confirmó Oscar—. Y es bastante mal llevado. Peor que tu amiga, diría yo.

—¿Y él me mordió?

—Exacto. —Notó que la duda me embargaba y por eso dijo—: Mira la herida, Evelyn. Anda, que no me reiré de ti.

—Bien...

Tímidamente, analicé la marca de mi antebrazo: en efecto, la circunferencia exhibía pequeñas hendiduras que rememoraban a colmillos. Se me vino a la cabeza la imagen de las ventosas de los tentáculos de un calamar, y sentí un profundo escalofrío.

—Un monstruo... —musité—. En el pelotero...

—Stuart —corroboró Oscar—. Y está ahí, asechando.

CAPÍTULO 10

Negué con la cabeza; no podía ser verdad. ¿Un monstruo en el pelotero? Ni los escritores de novelas comerciales se atrevían a tanto. Pero, por otro lado, eso explicaría por qué estábamos solas. ¿Quién jugaría con un monstruo cerca? *No desvaríes,* me dije. *Hay que ser tonta, o tener cinco años, para creerse semejante mentira.*

Porque los monstruos no existen, ¿verdad?

—¿O sea que Stuart intentó comerme? —indagué.

—No sé qué intentó —aclaró Oscar—. Pero esas mordidas son de él. Estoy cien por ciento seguro. Además, ¿qué otro te las haría? ¿Tus amigas? —Negó enfáticamente—. Ni siquiera estaban cerca...

—Entiendo...

—No, Evelyn; creo que no lo haces —decretó el pequeño—. Tú y tus amigas enojaron a Stuart, y él ahora va a darles su merecido.

—¿Que nos va a dar nuestro merecido?

—Bueno, no a ti; tú ya has escapado. Pero esas dos... —Y señaló a Amber, que nadaba hacia la izquierda, y a Berta, que lo hacía hacia la derecha—. Yo creo que no les queda mucho tiempo.

Chasqueé con la lengua.

—Deja de decir tonterías —le advertí—. Que seas niño no te da derecho a...

—Ninguna tontería, Evelyn —me interrumpió Oscar—. Ninguna ninguna.

Me dispuse a alejarme de ese rarito, cuando, a nuestros pies, las pelotas de la piscina burbujearon. ¡De verdad que había algo allí! Pero me negaba a aceptar la teoría de un monstruo.

—¿Qué es eso? —pregunté—. ¿Un amigo tuyo? ¿Nos estás jugando una broma?

—Eso, Evelyn, es Stuart —declaró Oscar con convicción—. Y atacará a su próxima víctima ahora mismo.

CAPÍTULO 11

Tras el burbujeo, una explosión de bolas me dio un susto de película. ¡Fue increíble, volaron en todas direcciones! Y no exagero si digo que algunas tocaron el techo. Sin embargo, lo más sorprendente fue lo que vino después: mientras las bolas caían como lluvia sobre Oscar y sobre mí, algo nadó a una velocidad inusitada en dirección a Berta. Fue una onda que atravesó la totalidad de la piscina en un parpadeo, y que, con la misma rapidez, hundió a mi amiga hasta las insondables profundidades del abismo.

—¡¿Qué fue eso?! —gritó Amber. Su cabeza se asomaba por encima de la superficie y gesticulaba con sorpresa y espanto.

—Stuart —manifestó Oscar—. Tiene a tu amiga.

—¿Cómo que tiene a mi amiga?

—Sí, Evelyn; Oscar acaba de comerse a tu amiga.

—Eva, ¿qué fue eso? —insistió Amber—. ¿Dónde está Berta?

—Sí, Oscar, ¿dónde está Berta? —Me puse de pie y la busqué por los alrededores; pero solo vi un mar de pelotas—. ¿Dónde rayos está mi amiga?

—En el estómago de Stuart —ratificó Oscar—. Es un monstruo muy…

—¡Ayuda! —escuché a lo lejos. ¡Era Berta! Pero ¿por

qué su voz sonaba tan débil y apagada?

—Ah, no; me equivoqué. Todavía está en su boca —aclaró Oscar—. Probablemente, juegue con ella un rato.

Levanté al mocoso por las correas de su enterizo.

—Dile a tu amigo que ya mismo deje de jugar con nosotras —le advertí—. No soy Berta, lo sé. Pero no me temblará la mano en darte un escarmiento, ¿oíste?

Oscar, parado en puntitas de pie, sonrió tímidamente.

—No hay nada que pueda hacer por tu amiga —dictaminó—. La tonta rompió las reglas, y ahora pagará las consecuencias.

—Te lo pediré una última vez: suelten a Berta.

Oscar no respondió. Simplemente, se liberó de mis garras con una sacudida, se acomodó el enterizo y la camiseta, y dijo:

—Tu amiga está con Stuart, el monstruo del pelotero. Ahora su vida depende de él. Y me da igual si lo crees o no; por más que te quejes, no cambiarás la realidad.

—¡Los monstruos no existen! —exclamé—. ¡Esa es la realidad!

—Ah, pero Stuart sí existe. Te guste o no, existe. —garantizó Oscar—. ¿Por qué me haces repetir las cosas un millón de veces?

—Amigas, ¡ayuda! —clamó Berta—. Algo me acaba de atrapar y es… —Hubo un silencio, tras el cual Berta comenzó a lloriquear—: Dios santo, ¡es horrible! Es… ¿Qué es esto?

—Ya te dije que no es gracioso —rezongué.

—A Stuart tampoco le pareció gracioso que rompieran las reglas… —explicó—. ¿Por qué tenían que meterse al pelotero si tienen como veinte años?

—Dile a tu amigo que se detenga, Oscar.

—Eva, ¿me puedes explicar qué ocurre? —consultó Amber con voz temblorosa—. No me agradan las bromas pesadas…

—Y a mí tampoco —secundé.

—Evelyn, quieras o no quieras, te agrade o no te agrade, te sientas bien o no, Stuart existe —aseguró Oscar—. Y si esa otra no piensa rápido, será la siguiente.

—¡Evelyn! —me interpeló Amber—. ¡Detén la broma!

—Amber, yo no… —Pero no sabía qué contestarle—. No sé qué… Yo no… ¡Aguarda! —le pedí. Levanté mi puño y se lo enseñé a Oscar bien cerca de la cara—. Sé pegar muy fuerte; fui a clases de taekwondo —le dije—. ¿Quieres que te dé un golpe?

—¿Y tú quieres que Stuart se coma a Berta? —retrucó el niño—. Porque lo hará si me pegas, ¿sabías?

Antes de que pudiera responder, o siquiera darle el puñetazo a Oscar, la onda de pelotas se movió en dirección a Amber. A diferencia de Berta, ella sí advirtió que algo peligroso nadaba en su búsqueda y, en consecuencia, dio angustiantes brazadas para acercarse a la plataforma y subir. No obstante, el monstruo —porque comenzaba a creer que sí había algo sobrenatural en ese pelotero— fue más rápido y la engulló igual a como lo había hecho con Berta.

—Ahí lo tienes —indicó Oscar—: Stuart se las comió…

CAPÍTULO 12

—¡Ayuda, Evelyn! —gritó Amber. Su voz sonaba un poco más audible que la de Berta, pero no por eso más cercana. Era como si hablara desde un pozo muy profundo o desde el interior de una caverna—. ¡Algo me atrapó! ¡Auxilio!

—Oscar, es mi ultimátum —amenacé—. Si no le ordenas a tu amigo que la suelte, ¡lo lamentarás!

—No lo haré. Y aunque pudiera, Evelyn, Stuart no me haría caso. Una vez que toma una decisión, difícilmente lo convences de lo contrario —afirmó el niño—. Yo te sugeriría que consideraras la posibilidad de quedarte sin tus amigas. ¡Seguro harás unas nuevas por ahí!

Enseñé los dientes en actitud amenazadora.

—Saltaré a esa pileta, rescataré a Berta y a Amber, ¡y le daré una golpiza a tu amigo! —le prometí a Oscar—. Y quiero que sepas que luego sigues tú.

—No te lo recomiendo —se limitó a contestar Oscar.

—¿Todavía tienes el descaro de hacerme una recomendación? —espeté—. No son formas de... de...

—¿De qué, Evelyn? —preguntó Oscar con una sonrisa.

—De... —Me agarré la cabeza, estupefacta—. Ay, ¡mi Dios!

Para ser honesta, no encuentro la forma de describir la

escena que presencié sin pecar de inverosímil. ¡Ni yo termino de creer lo que vi en aquel momento! Fue tan extraordinario, sobrenatural y asombroso que cualquiera hubiera dicho que un portal hacia otra dimensión acababa de abrirse justo debajo del pelotero. Es que, en lo que dura un parpadeo, un tentáculo rojo como el fuego, largo y grueso como un tronco, y lleno de ventosas violetas, emergió de la piscina de pelotas y se sacudió en toda su magnitud. Aunque eso no fue lo peor, había más. ¡Berta estaba enrollada en el extremo!

—Pero eso es… eso es… —tartamudeé sin conseguir articular una frase completa.

—Evelyn, Stuart. Stuart, Evelyn —nos presentó Oscar.

—¡Es un monstruo! —chillé finalmente.

—En realidad, es solo uno de sus brazos —me corrigió—. Debajo hay más, por supuesto.

—Pero… ¿no deberían ser verdes?

—Le gustan mucho los Twizzlers. Una dieta a base de golosinas no es saludable para un humano, supongo que tampoco para un monstruo…

El tentáculo se sumergió en la piscina y no lo volví a ver. Aunque tampoco tenía muchas ganas de hacerlo… ¡Que se mantuviera oculto!

De todas maneras, eso no impidió que me comportara como una loca. Rayos, si en la piscina no había otra cosa más que…

—¡UN MONSTRUO! —grité a todo pulmón.

CAPÍTULO 13

—No te alteres, Evelyn —me pidió Oscar—. No es propio de una dama.

—¡UN MONSTRUO, UN MONSTRUO! —chillé, dando saltos desesperados—. ¡UN MONSTRUO! —Me giré hacia la red protectora y me aferré a ella como un presidiario a los barrotes de la celda—. ¡ALGUIEN, AYUDA!

—Evelyn, por favor; no hagas una escena —insistió el niño—. ¡Enojarás a Stuart más y más!

—¡Auxilio, ayuda!

—¡EVELYN! —vociferó Oscar. Me quedé dura: había sido un alarido potente—. Por favor —continuó—, no pierdas la calma, ¿quieres?

Me giré hacia él.

—Pero… pero…

—Pero nada. Ya no puedes hacer nada —ratificó—. Y enloquecer solo empeorará la situación de tus amigas. Es decir, en vez de solo comerlas, probablemente Stuart les corte un brazo o les rompa las piernas. ¡Y luego se las coma de a pedacitos! —Negó apesadumbrado—. Es un monstruo sádico y sin piedad con las niñas malcriadas… Y la pelirroja es una profesional.

Un ruido gutural hizo temblar la totalidad de las pelotas. Mis amigas lloriquearon y pidieron ayuda.

Maldición, ¿cómo nos habíamos metido en una situación tan peligrosa?

—No, no puede ser… —me negué—. ¡Llamaré a un adulto!

—A Stuart no le agradan los adultos; no los quiere cerca de la piscina —explicó. Se frotó la barbilla y agregó—: ¿Sabes? Esa creo que sería la regla número 6. Sí, esa será: ¡nada de adultos cerca del pelotero!

—¿Y cómo hacen los padres que esperan a sus hijos? —retruqué.

—Eso es distinto: Stuart distingue padres sensatos de adultos entrometidos. Los primeros jamás entrarían al pelotero como ustedes —aseguró.

—¿Nadie se mete? —cuestioné—. ¿Ni siquiera el encargado?

—Bueno, el encargado a veces. Así y todo, solo le cae bien Chester, el de la limpieza —dijo—. Pero no sé si ellos saben acerca de Stuart.

—¡Es mentira! —exclamé—. ¡Es imposible que nadie sepa del monstruo!

Oscar se encogió de hombros.

—Sin embargo, aquí lo tienes, a punto de devorar a tus amigas…

—¡Auxilio, ayuda! —oí desde las profundidades del pelotero—. Evelyn, ¡sálvanos de esta cosa!

Observé a través de la red de protección del juego: no había nadie en los alrededores. ¿De verdad estábamos solas? ¿Tanto escándalo y ni un curioso?

Miré a Oscar.

—¿O sea que el monstruo se las comerá? —pregunté.

—Sí, eso hará.

—¿Y por qué? —cuestioné—. Entiendo que Berta se

merezca un buen escarmiento; pero ¿Amber? ¡Ella es buena! —Negué repetidamente con la cabeza—. ¡Debe de haber una solución! —exclamé. Y luego se me encendió la bombilla—: Sí, apuesto a que sí. De lo contrario, habría todo tipo de noticias acerca de un monstruo come-niños. ¡Y no escuché ninguna hasta ahora!

—Eres inteligente —me felicitó Oscar—. Sí, hay una forma. No siempre funciona, obvio; porque a veces Stuart sí les rompe un brazo a los niños, pero ¿por qué no intentarlo?

—¿Y ahora me lo cuentas?

—No me lo habías preguntado… —se excusó Oscar.

—¡¿Cómo que no?!

—Yo solo te dije que Stuart se las comería; nada más.

—¡Y que no había manera de salvarlas! —rezongué—. ¡Eso me dijiste!

Oscar desvió la mirada al techo, pensativo, y se rascó la cabeza.

—Sí, creo que lo dije… —confesó.

—¡Claro que lo dijiste!

—Pero no recuerdo que me preguntaras específicamente por una forma para salvarlas…

Resoplé. ¿Qué le sucedía a ese niño que manejaba la situación con tanta tranquilidad y misterio?

—¡Se daba por entendido! —grité.

—En ese caso, disculpa; no quise sonar tan determinante…

—Bueno, bueno, ¡déjalo! Ahora dime: ¿cómo salvo a mis amigas? —pregunté con impaciencia.

—¿De verdad quieres saberlo?

—¡Claro, niño! —chillé, dando saltitos de

impotencia—. ¿Cómo lo hago? ¡Habla de una vez!

Oscar asintió y dijo:

—Hay una forma. —Se tomó unos segundos para alargar la tensión. Dios santo, si no hablaba ya mismo, ¡lo tiraría al pelotero!—. Pero es tan compleja y precisa como un juego de ajedrez bien jugado…

—¿Y cuál es? —Como no contestaba, insistí, sacudiéndolo por los hombros—. ¡¿Cuál es?!

—A Stuart le gustan los Twizzlers —soltó Oscar.

—¿Los Twizzlers? —repetí—. ¿Hablas de las golosinas?

—¡Las mismas! —afirmó—. Si arrojas algunas al pelotero, y le prometes que no se meterán de nuevo, Stuart quizás deje libre a tus amigas. ¡Y en una pieza! ¿No es genial?

—¿Y dónde demonios consigo Twizzlers por aquí? —preguntó.

—Estamos en un parque de juegos, Evelyn. Hay expendedoras de golosinas por todos lados —evidenció el pequeño.

—Bien, bien. ¡No te muevas de aquí! —dije—. ¡Y tú no te comas a mis amigas, Stuart! —grité—. Enseguida vengo con golosinas. —Y bajé de la plataforma corriendo.

CAPÍTULO 14

Cuando mis pies tocaron el suelo y me giré hacia el pelotero, sentí que todos los músculos de mi cuerpo se estremecían: allí, en ese contenedor de pelotas de colores, se escondía un ser gigantesco y monstruoso sediento de niñas malcriadas. ¿De dónde habría salido? ¿Por qué estaba en ese lugar? ¿A cuántos habría engullido? Un millón de preguntas me embargaron. ¡Y otro millón lo haría si continuaba pensando en vez de actuar!

—¡No te quedes ahí parada! —me gritó Oscar desde la red de contención—. ¡Apresúrate, creo que no queda mucho tiempo!

La estructura metálica tembló y mis amigas gritaron. ¿Las estaría torturando?

—¡Ayúdanos, Evelyn! —escuché que clamaba Berta desde algún lugar, y puse los pies en polvorosa. ¡Tenía que encontrar los malditos Twizzlers antes de que fuera muy tarde! Pero, primero, debía hallar la expendedora…

Había una a pocos pasos del pelotero, cerca del juego de básquet. Sin embargo, como también había un mar de niños merodeando, no me extrañó ver una larguísima fila esperando para usarla.

—¿De verdad?

Rayos, ¿por qué me perseguía la desgracia? No podía esperar tanto, ¡mis amigas no tenían ese tiempo! Así que busqué otra expendedora, una menos requerida.

Me topé con la segunda al lado del juego de tiro al blanco, ¡y me alegré al advertir que apenas había niños en la fila! Lamentablemente, tras un rápido vistazo a la oferta de golosinas, me di cuenta de que no había Twizzlers. ¡Los habían comprado todos!

Retomé la búsqueda con mayor desesperación. ¿Cuánto tiempo había perdido corriendo? ¿Dos minutos? ¿Tres? Era muchísimo, incluso si hubiera sido uno solo.

La tercera máquina me aguardaba doblando uno de los corredores que llevaban a los baños. Con el apuro, ¡casi me paso de largo! Frené resbalando como un metro de distancia.

—Twizzlers, ¡que haya Twizzlers! —clamé a los cielos al pararme frente a la expendedora. Por suerte, los dulces estaban allí, en la primera estantería contando desde arriba—. Bandeja A2. ¡Bingo!

Aunque pronto fruncí el ceño. ¿Dónde estaba el precio? ¿Y si no me alcanzaba el dinero? «Respuesta fácil —hubiera dicho Berta—: no ponen el precio para que las niñas malcriadas como yo pidan la golosina y, cuando su padre marque el número y se infarte por el valor no le quede otra opción más que poner todos y cada uno de los billetes. ¿O tú te arriesgarías a un berrinche justo cuando tu hija está esperando el premio con la mano a través de la ranura?».

Tonta Berta. ¡Es una maestra de las artes malcriadiles!

Presioné A2 en el tablero numérico.

—¡¿Dos dólares?! —me sorprendí—. ¿Acaso espolvorean con oro estas porquerías?

—Mamá, ¿por qué se tarda tanto la niña? —preguntaron a mis espaldas.

Me giré para ver quién era la quejosa y vi a una pequeñita esperando junto a su madre. Lucía unas bonitas trenzas y abrazaba un peluche tan grande como ella. No las había oído llegar.

—Ya termino —gruñí.

Regresé a la máquina. Dos dólares, ¡increíble! ¿Cuándo se habían puesto tan caras las golosinas? Ah, pero ya me lo cobraría de Berta y de Amber. ¡Ellas me devolverían hasta el último centavo de la aventura!

—Mamá, ¡la niña no compra! —lloriqueó la pequeña.

—Por favor, necesito un poco de concentración —dije.

—¿Quieres que te ayude? —me preguntó con su voz infantil.

—Es que no entiendes... ¡Debo salvar a mis amigas! —contesté—. ¡El monstruo quiere comerlas!

—¿De qué monstruo habla, mamá?

—Vayamos a otra máquina, querida —le dijo la madre, y se retiraron.

¡Mejor así! No quería molestias en un momento tan crucial.

Extraje el billete de dos dólares de mi bolsillo y lo introduje en la ranura de la expendedora. ¡La maldita se tardó como un siglo en engullirlo! Ah, pero lo escupió tan rápido como mi primo Dominic hace con las cáscaras de girasol.

—Vamos, vamos... —Reintroduje el billete y la máquina lo volvió a escupir—. ¿Qué pasa, Dios santo? —me pregunté. El sudor me corría por la frente y una angustia creciente oprimía mi pecho.

Apoyé el papel contra el vidrio de la expendedora y lo alisé con mis manos —a veces había que darle una ayudita al escáner. ¿O era que no reconocía el maldito billete por ser extremadamente raro?—.

Cuando creí que estaba bien planchado, probé suerte otra vez.

—¿Qué? —dije—. ¡¿Mi dinero no vale, máquina tonta?! —Y le di un puñetazo que sacudió todas las golosinas—. Acepta mi billete, o te partiré en un millón de pedazos.

¡Y claro que lo aceptó! Pero también se lo comió y no me permitió comprar la golosina.

—Ay, no… ¿Y ahora qué hago?

CAPÍTULO 15

La desazón me invadió. ¡Con esa máquina se esfumaban todas las esperanzas por salvar a mis amigas! Me quedaría sola y desamparada. ¿Con quién pasaría el rato en la plaza o vería películas hasta las dos de la mañana? Mi futuro se veía oscuro, oscuro... Demonios, ¿por qué no podía comprar unos tontos *Twizzlers* y ya?

—No, no... —me dije—. Así como hay una forma de calmar a Stuart, debe de haber una de conseguir los dulces. —Me froté la cabellera con ambas manos—. Piensa, Evelyn, ¡piensa! —Cerré los ojos e hice fuerza con todas mis neuronas—. ¡Amber y Berta dependen de mí! —Y, por segunda vez en el día, se me encendió la bombilla—. Eso es: ¡Berta!

En el parque había decenas de niños que, en ese mismísimo momento, conseguían lo que querían sin importar qué tan inclinada en su contra estuviera la balanza. ¿Y cómo lo lograban? La respuesta era más simple de lo que suponía: ¡portándose como unos malcriados!

—Oh, Berta, eres una genia...

Dejé atrás la máquina y busqué a cualquier encargado que estuviera cerca. Y, por primera vez en toda la tarde, ¡la suerte me fue propicia! Porque encontré uno arreglando una máquina de peluches.

Sin embargo, no podía ir con él y ya. Los niños malcriados funcionan con otro nivel de mentiras; su carisma va de la mano de malévolas inventivas. ¡Y a mí se me había ocurrido una que no podía fallar!

—Tú puedes, Eva; ¡tú puedes! —me arengué.

Acto seguido, inspiré profundamente y, con el talón derecho, me di el pisotón más fuerte en la historia de los dedos del pie izquierdo. El dolor fue instantáneo y las lágrimas… ¡comenzaron a correr por mis mejillas en menos de un segundo!

Fui con el encargado, le di un toquecito con el índice en uno de sus hombros y, cuando se dio vuelta, exageré mi congoja y dije en tono desconsolado:

—Oh, señor… ¡Sniff, sniff! —Me sequé las lágrimas con el dorso de la mano—. ¡Una máquina se ha tragado mis últimos dólares! Sniff.

El sujeto, un hombre pálido y algo cabezón, cuyo prendedor rezaba «Paul», me observó con sus grandes ojos.

—¿Cómo dices, niñita? —preguntó.

—¡La máquina expendedora tragó mi dólar y no me dio la golosina! —Ejecuté un berrinche digno de telenovela de la tarde.

—Entiendo… —Sin embargo, parecía no hacerlo: se quedó ahí parado, viéndome como un zopenco—. ¿Y qué se supone que necesitas? —consultó al ver que no me iba.

—¡Quiero mi golosina! —lloriqueé.

—¿Tu golosina?

—Sí, la que no pude comprar porque la máquina se comió mi billete.

Paul buscó su billetera y la abrió.

—¿Cuánto perdiste? —dijo—. Estoy repleto de trabajo, así que confiaré en ti y te daré el dinero ahora. Luego, cuando esté más tranquilo, iré por los dólares a la máquina del problema. ¡Y listo!

Maldición, ¡así no era como me lo había imaginado! ¿Acaso no debía acompañarme hasta la máquina, desarmarla con sus herramientas mágicas y entregarme mi dulce y uno extra por el problema? Tonto Paul, ¡no quería ningún dinero!

—Quiero mis Twizzlers… —gimoteé en cambio.

—¿Tus qué?

—¡Mis Twizzlers! —chillé con la voz más aguda que podía salir de mi garganta. No era tan penetrante como la de Berta —la de ella era peor que una cantante soprano—, pero hizo el truco.

—El dinero compra muchos… de lo que sea que quieras —señaló Paul con desinterés—. ¿Cinco dólares son suficientes?

Rayos, eso no iba nada bien. Paul me devolvería el dinero —que no hubiera sido una mala idea en otra oportunidad—, pero no podría gastarlo en otra máquina, ¡si estaban todas ocupadas! Y el tiempo se agotaría para mis amigas…

No, no podía terminar así la historia; no podía darme por vencida. ¡Berta nunca lo hace hasta conseguir lo que quiere! Pero ¿cuál era su estrategia para los casos más difíciles?

Sí, ¡claro que sí!, me dije. *¿Cómo no lo pensé antes?*

—¡Quiero mis Twizzlers, quiero mis Twizzlers, quiero mis Twizzlers, quiero mis Twizzlers…! —repetí como un disco rayado—. ¡Quiero mis Twizzlers, quiero mis Twizzlers, quiero mis Twizzlers!

—Niña, por favor…

—¡Quiero mis Twizzlers, quiero mis Twizzlers…!

—Niña…

—¡Quiero mis Twizzlers, quiero mis Twizzlers, quiero mis…!

—¡Niña! —gritó Paul, a lo que guardé silencio—. Te daré tus dulces, ¿sí? Pero cierra la boca de una vez.

Esbocé una sonrisa y sequé mis lágrimas.

—¡Muchas gracias, señor Paul!

CAPÍTULO 16

Una vez frente a la máquina, Paul usó una pequeña llave —de muchas otras que tenía colgadas en su cinturón— para desbloquear una cerradura que había a un costado del panel numérico. Luego de un sonoro *clac*, todo el frente de la expendedora se abrió lentamente. Me recordó a la puerta de una nevera.

—Bien, niña, ¿cuál es la golosina que querías? —preguntó Paul. Con lo impaciente que estaba, creo hubiera conseguido hasta las llaves de su coche.

—¡Esa! —Y señalé la bandeja del A2—. ¡Los Twizzlers!

Paul tomó un paquete y lo estudió con curiosidad.

—¿Tanto escándalo por esto?

—¡Es que son deliciosos!

—Se ven artificiales. Apuesto a que están fabricados con polvos tóxicos y cancerígenos… —Luego se encogió de hombros y preguntó—: ¿Cuántos quieres?

—Em… —Ladeé la cabeza—. ¿Todos?

Paul gruñó.

—No puedo darte todos, niña; no te abuses —sentenció—. ¿Dos paquetes está bien?

Asentí repetidamente.

—¡Fenomenal!

—Aquí tienes —dijo

—¡Gracias, señor Paul!

Con los Twizzlers. en la mano, corrí a toda velocidad a salvar a mis amigas. Pero, como no podía ser de otro modo, tropecé con la escoba del encargado de la limpieza y casi me parto la cara contra el suelo. ¡Si no fuera por mis reflejos, hubiera acabado las peripecias en el hospital!

—Niña, ¿a dónde vas tan rápido? —me preguntó el sujeto—. ¿Estás bien? —Y me ayudó a ponerme de pie.

—Sí, sí… —Recogí uno de los paquetes de Twizzlers. El otro lo juntó esa persona—. Creo que no me hice daño…

—Bien, porque el pelotero no se irá a ningún lado —comentó, sacudiéndome la tierra de la camiseta.

—Pero… —Levanté una ceja—. ¡Yo no mencioné que iba al pelotero!

—Por la cara que llevas, tampoco necesitabas hacerlo —replicó—. No corras, ¿sí?

—Acaso usted…

—Ve, niña —instó—. Y no corras.

Asentí y retomé la marcha; esta vez un poco más lento. No corría, pero tampoco caminaba.

Al divisar el pelotero, la ansiedad me ganó y acorté los pocos metros que me separaban con tres grandes zancadas. Luego subí las escaleras de dos en dos y, ya en la plataforma, fui directo con Oscar.

—Creo que llegas tarde —anunció el pequeño—. Hace un buen rato que no oigo a Stuart…

CAPÍTULO 17

—¡¿Cómo que llegué tarde?! —exclamé. El corazón me dio un brinco y las piernas se me aflojaron.

—Supongo que Stuart se comió a tus amigas y ahora hace la digestión —explicó Oscar—. ¡Es una pena!

—¡No… no puede ser posible! —tartamudeé—. ¡Dijiste que las soltaría!

—Si traías los Twizzlers…

Levanté los paquetes tan alto como me lo permitió el brazo. ¡Ahí, en mi mano, estaba el trofeo de una corta y emocionante aventura plagada de caprichos!

—¡Mira! —grité—. ¡Son los malditos Twizzlers!

Oscar inclinó la cabeza hacia arriba.

—¿Solo dos paquetes para un monstruo tan grande? —Soltó una risita—. ¿De verdad?

—¿No alcanzarán?

—No lo sé… —dudó Oscar—. Yo creo que Stuart esperaba al menos cinco o seis.

—¿Y qué hago ahora?

—Yo empezaría por arrojar los Twizzlers al pelotero —recomendó el pequeño—. Y ver qué sucede…

Llevé mi brazo hacia atrás y, cuando estuve a punto de alimentar a ese engendro del demonio, Oscar me detuvo:

—¡Aguarda! —dijo—. Stuart no los come si los arrojas con el papel.

—¿Perdón?

—Sin el envoltorio, Evelyn. ¿O tú comes los dulces con plástico y todo?

Respiré profundamente —este asunto del monstruo me estaba hartando, sus mañas eran solo comparables a las de Berta— y abrí el primer envoltorio.

—¿Así está bien? —consulté.

Oscar asintió y lancé el primer Twizzler al centro del pelotero. Como era una golosina pequeñita y liviana, no se hundió, sino que quedó pegada a una pelota amarilla. La luz de las lámparas del techo se reflejaba en su superficie gelatinosa, lanzando destellos rojos hacia todos lados.

Aguardé. Y aguardé y aguardé y aguardé. Pero ¿por qué Stuart no aparecía?

—Dale otra —me recomendó Oscar.

Obedecí y lancé un segundo Twizzler. Luego los otros dos restantes que cayeron muy cerca de los primeros.

—¿Y bien, Oscar? —pregunté—. ¿Por qué Stuart no los come?

—Si Stuart engulló a tus amigas, tiene el estómago lleno. Dudo que… —Un potente rugido lo interrumpió—. Oh, genial, ¡ahí viene! —indicó.

—¿O sea que mis amigas siguen vivas?

—Eso no lo sé —declaró Oscar—. Lo único que puedo decirte es que Stuart comerá los Twizzlers.

Y la espera fue breve, porque una decena de tentáculos emergieron del pelotero para conducir los Twizzlers a una enorme boca que apareció en el centro. Era circular, con dimensiones parecidas a las de una cama elástica promedio; excepto que no había ninguna cama elástica, sino millones y millones de pequeños colmillos asesinos y una lengua bífida tan larga como asquerosa.

Los Twizzlers desaparecieron en un santiamén —también algunas pelotas—. Y más tarde Stuart, quien regresó a las profundidades de su morada.

—¿Y mis amigas? —pregunté.

No fue Oscar, sino Stuart quien respondió: un rugido exigió más Twizzlers.

—Arrójale el segundo paquete —dijo Oscar—. Vamos, Eva.

Mientras abría el envoltorio, las voces de mis amigas me indicaron que continuaban vivas. ¡Enhorabuena!

—Espero que esto alcance —recé. Y lancé los otros cuatro Twizzlers.

Stuart repitió la escena de momentos atrás: sus tentáculos armaron un escándalo, su boca tragó Twizzlers y unas pelotas; pero no aparecieron ni Amber ni Berta. ¿Y si efectivamente se las había comido y hablaban desde el estómago de la bestia?

—¡Devuélveme a mis amigas! —grité—. ¡Monstruo tonto y asqueroso!

Berta y Amber pidieron auxilio. Sus voces eran apenas audibles y, de igual modo, un irrefutable indicio de que estaban vivas.

Oscar negó con la cabeza.

—Es una verdadera pena… —dijo—. ¡Ya no tienes más Twizzlers! —Y se sentó en el borde de la plataforma.

Iba a darle un coscorrón —¡juro que se lo merecía!—, cuando advertí que sacaba de su bolsillo nada más ni nada menos que un paquete de Twizzlers. ¡Y era una bolsa de las grandes!

—¿Es broma? —lo increpé.

—A mí también me gustan los Twizzlers —dijo—. ¿O es que solo los pueden comer los monstruos?

Abrió el envoltorio y se llevó una golosina a la boca.

CAPÍTULO 18

—¿Es una broma? —repetí—. ¡Necesito esos Twizzlers, Oscar!

—Pero son míos —respondió con sequedad el niño. De hecho, se giró y escondió las golosinas con su cuerpo.

—Pero… pero… ¡Tengo que salvar a mis amigas!

—Arréglatelas sola —expresó el mocoso—. Son tus amigas, no las mías. Además, ya te dije cómo salvarlas.

—¡Con Twizzlers!

—Exacto —ratificó Oscar, sacudiendo la bolsa—. Pero no puedo arreglar todos tus problemas…

—¡Claro que puedes! —aseguré—. Necesito tus golosinas —dije—. ¡Dámelas!

El mocoso me dedicó una mirada socarrona.

—Con esos modos, no conseguirás nada —afirmó—. ¿Los quieres? Ofrece algo a cambio. Y si es tentador, quizás acepte…

Turné la mirada entre la piscina, cuyas pelotas vibraban de a ratos, y el mocoso, tan tranquilo que…

Momento, me dije. *¿Desde cuándo un niño no les teme a los monstruos?* El hermano de Amber tiembla como una hoja si le mencionan al Coco, ¿y este mocoso anda a sus anchas como si no pasara nada?

—Aquí hay gato encerrado… —murmuré—. ¡Tú conoces a Stuart!

—¡Claro que lo conozco! —confirmó Oscar.

—¡Me refiero a que es tu amigo!

Oscar rio con cierta ironía. ¿Acaso había esperado que me diera cuenta de la treta mucho antes?

—¿Y de dónde crees que saco las golosinas? —lanzó—. Son muy costosas para un niño como yo.

—Eres un... ¡Eres un...! —De pronto, todo estaba tan claro como un cielo despejado—. ¡Eres un embaucador!

—No conozco esa palabra... —confesó Oscar. Aunque yo sabía que sí.

—¡Quieres chantajearme! —afirmé—. ¡Quieres robarme golosinas!

—A decir verdad, esperaba dinero —me corrigió, poniendo una palma hacia arriba.

—¿Dinero? —repetí.

—Sí, por los Twizzlers —aclaró—. Mis Twizzlers por tu dinero.

Rechiné los dientes. ¡No podía creer que un mocoso de ocho años me estuviera chantajeando y que no pudiera hacer nada para evitarlo! Así que de ese modo se sentía el tío Willy cuando mi prima le pedía unas zapatillas nuevas so pena de revelarle a su nueva madrastra con quién lo había encontrado en el estacionamiento del gimnasio del centro.

Negué con la cabeza, metí la mano en mi bolsillo, junté los pocos céntimos que me quedaban, y se los deposité a Oscar en la palma. No obstante, el chiquillo rapaz soltó una carcajada.

—¿Un dólar? —Chasqueó repetidamente en señal de desaprobación—. Tendrás que esforzarte más que eso...

Di vuelta mis bolsillos.

—Pero ¡no tengo nada más!

—Entonces, Evelyn, tus amigas lo pagarán con un tobillo esguinzado o una muñeca quebrada. —Y, para ratificar sus palabras, Stuart rugió y mis amigas pidieron auxilio.

—No me lo creo…

—Deberían haber respetado las reglas del pelotero.

—Hablas como si fueras el rey —critiqué.

—Ese es Stuart. —Y señaló la piscina—. Yo, en cambio, no soy más que un simple servidor… —Y ejecutó una tonta reverencia.

Cerré los ojos y traté de comprender el enredo en el que estaba metida: mis amigas y yo habíamos quebrantado unas estúpidas reglas en el pelotero del parque, un monstruo las había cazado, ¿y ahora el niño más fastidioso del mundo me chantajeaba? Tenía que tratarse de una broma…

—El tiempo se acaba, Evelyn —apuró Oscar—. ¡Vamos!

Respiré profundamente. Maldito embaucador, ¡estaba a su merced!

—Bueno, ¿y qué se supone que haga? —cuestioné—. ¿Quieres mis zapatillas?

Oscar negó.

—No, son de niña —describió—. Y bastante feas…

—¿Entonces? —indagué—. Habla de una vez. Apuesto a que ya sabes lo que quieres…

—Algo así…

—¿Algo así?

Oscar esbozó una sonrisa diabólica.

—¿Tus padres te pagan una mensualidad? —preguntó.

Solté un gritito ahogado.

—¡¿Quieres mi mensualidad?! —chillé.

—Y la de tus amigas —agregó Oscar—. La tuya y la de tus dos amigas.

—Roñoso mequetrefe… —Alcé mi puño—. ¡Creo que te daré una tunda!

Stuart hizo temblar la plataforma.

—Atrévete —me desafió Oscar—. Y verás lo que sucede…

—Bien, bien. —Abrí mi puño y extendí la mano—. Tenemos un trato.

—Momento —dijo él—. ¿Y los detalles?

Levanté una ceja, confusa.

—¿Qué detalles?

—Claro, los detalles del contrato —ratificó Oscar—. Porque quiero tu mensualidad y la de tus amigas…

—Sí…

—¡Por tres meses!

—¡¿Por tres meses?! —vociferé—. ¡Ni loca! —Sacudí mis manos—. Oh, no, no, no. ¡Nada de eso! Que Stuart se coma a quien quiera. ¡No te daré tres mensualidades!

Stuart rugió, y esta vez no solo tembló la plataforma, sino que también lo hicieron las lámparas colgadas del techo. Pendularon amenazadoramente.

Me asomé por la red de protección y busqué otros niños o mayores que quisieran jugar en el pelotero. Sin embargo, los alrededores eran un cementerio. ¡No había ni un alma! Vamos, ¿de verdad era la única que escuchaba a Stuart? ¿Nadie advertía la existencia de ese monstruo de otra dimensión?

Muy a mi pesar, y a sabiendas de que Berta me mataría al enterarse de que había empeñado tres de sus mensualidades, le estreché la mano a Oscar, quien, al instante, arrojó su bolsa de Twizzlers al pelotero.

—Ahora, Evelyn, dile a Stuart que nunca más aparecerás por aquí —ordenó el mocoso—. Bueno, excepto para traer tu mensualidad... —Y rio socarronamente.

—Prometo no regresar nunca más —juré entre dientes. Y luego a Oscar—: Pero ¿y si no?

Oscar se encogió de hombros.

—Lo dejo a tu criterio... —contestó.

Acto seguido, Stuart sacudió la estructura del pelotero y, tras un estertor, escupió a Berta y a Amber, que aterrizaron a medio metro de la plataforma. Estaban bañadas en un moco verde y azul bastante apestoso.

—¡Ayúdanos, Evelyn! —clamó Berta.

—¡Sácanos de aquí! —gritó Amber.

Estiré mis manos para que pudieran subir a la plataforma y, una vez que comprobamos que estaban en una pieza, echamos a correr hacia la salida.

CAPÍTULO 19

Salimos del parque de diversiones esquivando personas —aunque fueron más las que chocamos—, y nos detuvimos sobre la acera, muy cerca de la boletería. Había una larga fila de niños y padres esperando su turno para comprar una entrada —todos muy eufóricos y entusiasmados, por cierto—; pero nosotras no les prestamos atención. Es que teníamos la piel de gallina y un desagradable sentimiento encrespaba nuestras espaldas. Queríamos esfumarnos de ese lugar de inmediato. ¡Y si era a otro planeta, cuánto mejor!

—¿Qué demonios fue eso? —preguntó Berta entre jadeos. Se apoyó con las manos en las rodillas para recuperar el aliento—. ¡¿Qué fue eso, Dios santo?!

—¡Un monstruo! —chilló Amber—. ¡Era un maldito monstruo!

—Ya lo sé, tonta —gruñó Berta, reponiéndose. Mostró las marcas de sus brazos. No eran raspaduras, pero se veían bastante feas. Sin lugar a dudas, le dejarían un moretón—. Pero ¿de dónde salió?

—Aparentemente, vive en la piscina —declaré—. Me lo contó Oscar, el niño que estaba sentado en el borde.

—¿Ese mocoso insoportable? —espetó Berta—. ¿El que nos abordó cuando llegamos?

—Más bien, amiga, fue el que nos advirtió que no era

una buena idea entrar al pelotero —agregó Amber—. ¡Deberíamos haberlo escuchado!

—Lo sé, lo sé. Pero, Amber, ¿quién diría que tendría razón? —se defendió—. ¡Había un monstruo en el pelotero!

Los gritos de mis amigas asustaron a unos niños que estaban cerca, que fueron a buscar a sus padres y que luego nos señalaron como si fuéramos unos fenómenos de circo. Creí oportuno alejarnos de la boletería.

—¿Qué les parece si vamos al estacionamiento? —propuse—. Berta, tu mamá vendrá en cualquier momento. ¿Y si la esperamos allí?

—No tienes que pedirlo dos veces —contestó. Y cruzamos la acera hasta el estacionamiento adyacente.

—Jamás volveré a este lugar —afirmó Amber, escurriéndose el moco azul y verde que la cubría por completo—. ¡Jamás volveré! —repitió—. Oh, tendré pesadillas por un año entero…

—¿Un año? —Berta soltó una risita irónica—. ¡Mil años querrás decir!

—Sí, bueno… —intermedié tanto lloriqueo—. Verán… Creo que están equivocadas, amigas…

—¿Equivocadas? —Amber negó con la cabeza enfáticamente—. ¡Era horrible, pegajoso, frío…! No podré dormir con la luz apagada nunca más… —Comenzó a sollozar—. Por un momento, creí que no saldríamos vivas de allí.

—No, Amber —la detuve—. Me refiero a que sí tendremos que regresar. —Y como ambas se me quedaron viendo con desconfianza, me apresuré a contarles lo ocurrido—: Le debemos a Oscar nuestras mensualidades. Él las salvó de Stuart. Bueno, lo que se dice «salvar», no las salvó. Más bien… —Preferí no entrar en detalles sobre el chantaje—. Oh, olvídenlo.

En menos de una milésima de segundo, Berta mudó su miedo visceral por la cara más antipática que sabía hacer.

—¡¿Perdón?! —Inspiró y gritó más fuerte—: ¡¿Y quién demonios es Stuart?!

—Stuart es el monstruo, Berta —expliqué—. Así se llama. Y Oscar me cobró nuestras mensualidades para salvarlas.

—Pues, amorcito, ¡me hubieras dejado en el pelotero para que esa cosa me comiera! —Chasqueó con la lengua—. ¿Mi mensualidad? ¡Ja!

—¿Cómo puedes ser tan avara? —la increpó Amber—. ¡El niño nos salvó, fue nuestro héroe!

—¿Héroe? —Berta rio con ganas. Y yo por dentro también—. ¿Desde cuándo un héroe cobra por salvar a damiselas en peligro?

—No lo sé; pero tampoco me interesa, Berta. ¡Él nos salvó y es lo que importa!

—¿Y a costa de qué?

—Ya se lo dije… —musité.

—Sí, de nuestras mensualidades —ratificó Amber—. ¡Y me parece un precio justo por nuestras vidas!

—A mí no —rezongó Berta—. El moco de monstruo ha arruinado mi cabello por completo. ¿Sabes lo que costará un baño de vitaminas?

—Nadie tiene la culpa de que uses el cabello tan largo —evidenció Amber—. Ni de que lo cuides tanto.

—Ni yo la tengo por ese monstruo asqueroso y repugnante que casi nos mata.

—En verdad, sí —la corrigió Amber—. El niño, ese tal Oscar. ¡Él nos advirtió!

—En verdad, chicas… —Respiré profundamente, pues lo que diría empeoraría las cosas del todo.

—¿En verdad qué, Eva?

—En verdad, Oscar quiere las mensualidades de tres meses completos.

Berta y Amber se quedaron en silencio. Intercambiaron una mirada y después la fijaron en mí.

—¿Tres meses, Eva? —quiso cerciorarse Amber—. Eso es mucho…

—¡Eso es imposible! —dictaminó Berta—. De ninguna manera le daré a ese mocoso mi dinero. De hecho, denunciaré a este lugar. Cuando descubran al monstruo, ¡lo clausurarán!

—Preferiría guardar el secreto —dije—. ¿Y si armamos revuelo y después el monstruo no está? ¿Y si va a casa a buscarnos? —Suspiré—. Además, por más tramposo que fuera el mequetrefe, un trato es un trato. No estamos en condiciones de negociar.

—Tu trato —aclaró Berta—. Si querías disponer de nuestras mensualidades…

—Habla por ti, Berta —musitó Amber.

—Si querías disponer de mi mensualidad —continuó Berta—, me lo hubieras consultado antes. No le daré nada a ese niño, así que puedes olvidarte del asunto ahora mismo.

—Pero, Berta; Oscar me dijo que…

—¿Qué te dijo? —me increpó—. ¿Que el monstruo vendría por las noches a asustarme? —Chasqueó con la lengua—. Meh… Esto se resuelve simple y fácil, Eva: no regreso nunca más a este parque del demonio, ¡y listo!

Oímos unos pasos a nuestra derecha. Era Clara, la mamá de Berta, que se acercaba a nosotras muy preocupada.

—Niñas, ¿qué fue lo que les sucedió? —preguntó con la cara desencajada—. ¿Por qué están así de sucias? —Tomó una de las trenzas de su hija y apartó la mano con asco—. ¿Qué es todo esto?

—Verá, señora Richards... —empezó sin mucha seguridad Amber—. Tuvimos un accidente...

—¿Un accidente? —rezongó Berta. El tema de la mensualidad le había hecho olvidar por completo el monstruo—. ¡Yo te diré lo que sucedió, mamá!

—¡Un vómito les cayó encima! —exclamé. Mis amigas me observaron con una ceja en alto, pero eso no impidió que desarrollara un poco más la mentira—: Unos niños vomitaron desde la olla mecánica. ¡Fue asqueroso! —Y simulé una arcada.

—¡Guácala! —gimoteó Clara—. ¿Un vómito?

—¡Y qué vómito!

—Pero... ¡están empapadas de la cabeza a los pies!

—Es que fue mucho vómito —agregué—. No quiere saber los detalles, señora Richards...

Clara resopló.

—Bien, niñas; iré a buscar algo para secarlas o cubrirlas. Necesitan un baño urgente y no pueden subir al coche en estas condiciones —dijo—. ¿Aguardan aquí?

—Vaya, señora Richards —contesté—. No moveremos un dedo del lugar.

Clara asintió y echó una carrera hacia la boletería. Cuando encontró a un empleado, habló con él y, pronto, ambos desaparecieron por una puerta de servicio.

Al desviar la mirada hacia Berta, la encontré cruzada de brazos y con los ojos entrecerrados. Exudaba enojo por cada poro. En breve, ¡evaporaría el moco de monstruo que la cubría!

—No le daré mis mensualidades al niño —declaró—. Y nada ni nadie…

—¡¿Dónde está tu hermano?! —gritó una voz femenina a nuestras espaldas. Nos giramos de un salto, ¡menudo susto nos habíamos dado!—. ¿Por qué no lo traes contigo?

Mis amigas y yo intercambiamos unas miradas; era obvio que esa mujer no nos hablaba a nosotras. Entonces ¿quién era su verdadero interlocutor?

—Se retrasó atándose los cordones, mamá. ¿Por qué eres así de escandalosa? Ahí viene —le respondió un niño.

Nos giramos otra vez en dirección al parque, y, para mi sorpresa, encontré a Oscar señalando la boletería.

Sin embargo, como había un mar de gente —los niños se reproducían por generación espontánea; ¡era increíble la cantidad que había!—, no identifiqué enseguida al pequeño del que hablaban esos dos. No obstante, cuando una familia apuntó a la entrada y una pareja se detuvo en una máquina de peluches, vi a un pequeñito que comía Twizzlers cruzar la acera.

Tendría unos cuatro o cinco años, más no, y vestía unos *shorts* azules, una camiseta con el estampado de Mickey y una gorra de colores. Era rubio, como Oscar, solo que su nariz era un poco más respingada. Sus ojos azules eran insondables y sus mejillas rebosaban de pecas. ¡Cualquier abuela hubiera dicho que era un encanto!

—Oh, ¡mi querido Stuart! —corrió a abrazarlo la madre, esquivándonos—. ¡Pensé que el descuidado de tu hermano te había perdido!

—Jamás lo hice. ¿Por qué comenzaría justo hoy? —gruñó Oscar.

—¿Stuart? —repetí en voz baja—. ¿Acaba de llamar Stuart al pequeño?

—¿Así dijiste que se llamaba el monstruo, Eva? —murmuró Amber, a lo que asentí.

—¡Mi pequeño Stuart!

Mis amigas y yo nos quedamos observando la escena petrificadas: la madre besó a Stuart en la frente, en los ojos y en las mejillas; lo volvió a abrazar más fuerte que antes; lo levantó en el aire, y, finalmente, dio con él tres giros en el lugar.

—¿Lo ves, mamá? —desafió Oscar—. Sano y salvo…

Otro día, en otro parque de diversiones de otra galaxia —y quizás de otra dimensión también—, esa escena hubiera resultado idílica, justo como las que sellan encuentros postergados por años en las películas de amor. Sin embargo, en ese estacionamiento del demonio, la cosa fue muy diferente. ¡Juro que sí! Porque, cuando la madre bajó a Stuart, este se giró discretamente hacia nosotras y se relamió con una kilométrica lengua bífida. Y nos guiñó un ojo. Pero ¡parpadeó de forma vertical!

—Vayamos al coche, niños —les dijo la madre a Oscar y a Stuart—. ¡Es hora de ir a casa!

—¡Sí! —exclamó este último, y echó a correr. La madre lo persiguió de cerca.

Oscar, en cambio, caminó hacia el coche con total tranquilidad. Y, al pasar por nuestro lado, susurró:

—Tres meses, mocosas; no lo olviden. —Y subió a un Ford rojo.

—¿O sea que…? —tartamudeó Amber, señalando el Ford—. Quiere decir que…

Clara apareció segundos después con unas bolsas negras de residuos. Eran las que se usaban en los cestos gigantes de la hamburguesería.

—No puedo creer lo que se ensuciaron, chicas. —Envolvió rápidamente a mis amigas. Parecían burritos, pero destinados a la basura—. ¿Tenían que pararse justo al lado de la olla mecánica? —Como ninguna de las tres salía de su estupor, Clara insistió—: Niñas, ¿están bien?

Berta sacudió la cabeza para despejar las ideas y dijo:

—Lo siento, mamá; era mucho vómito y fue imposible esquivarlo… —Se abrazó a Amber y agregó—: Vamos a casa, ¿sí?

FIN

DOS MESES MÁS TARDE

Sí, la historia no terminó…

A dos meses del incidente, mis amigas y yo habíamos conseguido dejar atrás el susto del monstruo del pelotero. No había sido fácil: Amber había sufrido pesadillas, Berta había gastado cuatro sesiones en el salón de belleza para quitarse toda la baba de monstruo del cabello, y yo… Me da vergüenza confesarlo, pero había dormido una semana entera con la luz encendida.

Sin embargo, a pesar de que nuestras vidas parecían encauzarse, no habíamos aprendido del todo la lección. Porque un domingo nublado, sin saber qué hacer —pues estábamos vetadas de *Creepy Games*—, se nos ocurrió visitar la plaza del barrio donde, según decían, el municipio había instalado unos juegos. Entre ellos, un pelotero…

—Chicas, ¿no hemos tenido suficiente con esta cosa? —pregunté.

Amber, Berta y yo estábamos paradas frente al pequeño y simpático pelotero, debatiendo si era buena idea zambullirnos o no.

—¿Acaso ves a Oscar? —cuestionó Berta—. Porque yo no.

Amber oteó la plaza con timidez. En un extremo había unos árboles sin hojas que lucían tenebrosos.

—Yo tampoco —susurró—. Pero pienso como Eva: tal vez debamos irnos…

—Ustedes hagan lo que quieran —dijo Berta—. Yo me lanzaré a este sucio pelotero. ¡Y ningún mocoso mequetrefe me lo impedirá! —Sin mediar palabra, subió al tobogán y se tiró de cabeza—. ¡IUPI!

Como era previsible, Amber la siguió.

—¡Qué tercas que son! —exclamé.

—En efecto… —oí que decía a mis espaldas una voz muy familiar.

Me giré y…

—Oscar…

—Eva… —saludó el pequeño al tiempo en que llevaba a su boca un Twizzler—. ¿Divirtiéndose?

Miré el pelotero con un escalofrío.

—Lo intentamos…

—Intentaban —corrigió.

—Sí, eso: intentábamos.

Me extendió un Twizzler.

—¿Quieres?

Lo acepté por cortesía.

—Gracias.

Oscar se acercó al borde del pelotero. Berta y Amber empalidecieron al verlo.

—Están atrasadas con sus mensualidades —habló—. Un mes…

Mis amigas nadaron para escapar. Pero ya era muy tarde: unos tentáculos rojos las tomaban por los pies y las lanzaban en el aire.

—¿Se las comerá? —pregunté a Oscar.

—No lo sé… —respondió—. Yo, por las dudas, iría a buscar más dulces.

FIN (de verdad)

CHIRIMBOLITO

Katherina Orlowski es una escritora del interior argentino, que se dedica a escribir relatos y novelas de ciencia ficción, misterio y terror. A partir del 2019, comenzó a publicar sus obras en formato digital y físico. Actualmente, tiene dos series en curso: *Unknown Science Stories*, de ciencia ficción, y *Creepy Cosmos*, de terror bizarro. Ambas se actualizan mes a mes con nuevos números.

www.ingramcontent.com/pod-product-compliance
Lightning Source LLC
LaVergne TN
LVHW091619170726
843492LV00007B/2504

* 9 7 8 6 3 1 0 0 4 3 2 5 8 *